I0546276

XANTIPPE ET ASPASIE

PAR

M. ED. GOGUEL.

OFFICIER DE L'INSTRUCTION PUBLIQUE, MEMBRE DE L'INSTITUT DES PRO-
VINCES DE FRANCE, DE LA SOCIÉTÉ LITTÉRAIRE DE STRASBOURG, DE
L'ACADÉMIE IMPÉRIALE DE REIMS, DE L'ACADÉMIE STANISLAS DE NANCY,
DE LA SOCIÉTÉ D'HISTOIRE DE LA SUISSE ROMANDE, DE LA SOCIÉTÉ
D'ÉMULATION DE MONTBÉLIARD, ETC., ETC.

Extrait des Mémoires de la Société d'Émulation de Montbéliard.

MONTBÉLIARD,
IMPRIMERIE ET LITHOGRAPHIE DE HENRI BARBIER.

18638

XANTIPPE ET ASPASIE.

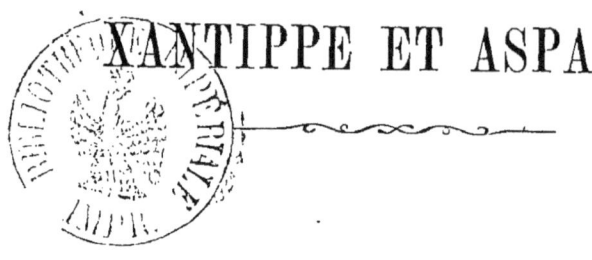

I. XANTIPPE.

Thucydide fait dire à Périclès, dans son célèbre panégy-rique, en parlant de la généreuse émulation que provoquera sans nul doute l'exemple des guerriers citoyens morts en combattant pour la patrie, ces paroles qu'il adresse direc-tement aux veuves de ceux qui ont péri : « Vous contenir dans les devoirs prescrits à votre sexe, telle est votre plus grande gloire ; cette gloire appartient surtout à celles dont les vices et les vertus font le moins de bruit possible parmi les hommes. »

Qui ne reconnaît dans ce portrait de femme tracé par le grand orateur, l'épouse athénienne, condamnée à s'ense-velir dans la mystérieuse obscurité du gynécée, n'ayant en partage que la part la plus vulgaire de l'existence et exclue de toute participation aux affaires publiques? Qu'on admette un instant que ces vices et ces vertus, qui doivent faire le moins de bruit possible, apparaissent au grand jour de la publicité, n'en résultera-t-il pas pour la femme sur laquelle se fixeront dès lors les regards de la foule, comme une tache indélébile qui s'attachera à son nom et ne fera que grandir avec le temps, surtout si, par un caprice de la fortune, son existence s'est trouvée liée à celle de quelque personnage appartenant à l'histoire? C'est précisément ce qui est arrivé à Xantippe, l'épouse de Socrate. Déjà, dans les temps anciens, philosophes, historiens et grammairiens semblent avoir rivalisé de zèle pour faire de cette malheureuse femme une sorte d'épouvantail, projetant une ombre attristante sur la maison et la vie du réformateur athénien, une mégère domestique, servant en quelque sorte de repoussoir aux grandes qualités de son mari ; tout cela n'a pas paru suffisant ; depuis que la littérature classique a envahi nos écoles, elle est devenue pour nous tous le type proverbial de la femme *comme il ne faut pas.*

Et encore, si cette laideur morale qu'on lui prête offrait une teinte plus ou moins tragique ; si seulement il y avait lieu de ressentir pour elle quelque pitié, comme pour Clytemnestre, pour Phèdre ou pour Médée ! Depuis le temps où, bien jeune encore, j'ai été mis assez rudement, il faut en convenir, en contact avec l'antiquité classique, je me suis accoutumé à me représenter Xantippe avec des cheveux roux et mal peignés, avec des vêtements mal ajustés, mal soignés et aux couleurs criardes, où le jaune dominait, les poings serrés et fixés sur les hanches, la bouche ouverte comme prête à vomir des injures, les traits défigurés par la colère, en un mot comme l'image la plus repoussante de ce que l'on peut concevoir de moins aimable et de moins féminin. « Xantippe, la femme du philosophe Socrate, dit Aulu-Gelle, passe pour avoir été au plus haut degré morose et querelleuse ; elle passait ses jours et ses nuits à vociférer, à tempêter et à s'emporter contre tout le monde. » (1)

Ce jugement, qui est devenu celui de tout le monde, serait-il donc sans appel? Ce n'est pas chose facile, j'en conviens, de réhabiliter une figure qui appartient désormais à l'histoire, et que les contemporains et la postérité semblent avoir condamnée sans retour. Cependant, je me suis demandé si je ne ferais pas acte de charité en recherchant si ce caractère de femme, que l'on s'est habitué à dépeindre avec des couleurs si peu séduisantes, a été en réalité aussi acariâtre et aussi antipathique qu'on s'est plu de tout temps à le répéter. Dussé-je passer pour un émule de Don Quichotte, je tenterai l'entreprise ; ce sera pour moi une occasion de dire quelques mots des rapports qui existaient en Grèce, et notamment à Athènes, entre les personnes des deux sexes.

Nous ne savons absolument rien de la famille de Xantippe. Il était de règle à Athènes, quoiqu'en dise Platon dans sa République (liv. V), de choisir sa compagne dans le milieu même auquel on appartenait. Dans le Prométhée enchaîné, Eschyle fait dire aux filles de l'Océan : « c'est entre égaux qu'il faut s'allier, c'est là qu'est le bonheur ; jamais d'hymen entre le riche fastueux, entre le noble fier de sa race et le pauvre artisan ! » Le poète tragique n'a fait là qu'exprimer une vérité qui avait passé dans les mœurs. Il y a donc lieu de croire que le fils du sculpteur Sophronisbe et de la sage-femme Phénarète, avec le peu de fortune dont il jouissait, se sera bien gardé de s'allier à quelque famille riche et distinguée ; s'il en eût été autrement, la dot que sa femme lui aurait apportée n'aurait pas manqué de grossir les chiffres de son budget qui n'était rien moins que réjouissant, puisqu'il nous dit quelque part que son revenu annuel

---

(1) Noct. att. I, 17. Compar. Sen. Ep. 104 : moribus feram, lingua petulentem.

s'élevait à peine à 5 mines, c'est-à-dire à moins de 500 francs de notre monnaie.

Une autre question plus délicate que la précédente : Xantippe a-t-elle été belle ou au moins douée de quelques charmes extérieurs ; ou bien a-t-elle fait dignement le pendant à son mari, qui, on le sait, ressemblait plutôt à un Silène, qu'à un Adonis ou à un Apollon du Belvédère ? Il avait les yeux à fleur de tête, le nez camus, les lèvres épaisses, le teint pâle, la tête chauve, le ventre proéminent ; pour le dire en un mot, il était affreusement laid : « Socrate, dit quelque part Montaigne, a esté un exemplaire parfaict en toutes grandes qualités. J'ay despit qu'il eust rencontré un corps et un visage si disgraciez, comme ils disent, et si disconvenable à la beauté de son âme ; luy, si amoureux et si affolé de la beauté ! Nature lui feit injustice » (1). Il n'est dit nulle part que je sache, que Xantippe ait été moins bien partagée, quant à son extérieur, que les autres filles de la riante Hellade, où la pureté et l'élégance des formes semblent avoir été l'apanage de la femme. S'il en eût été autrement, Socrate qui, comme le dit Montaigne « était affolé de la beauté, » se serait bien gardé de dire, en parlant du mariage : « nous regardons de quelle femme nous pouvons avoir les enfants les mieux faits, et c'est à celle-là que nous nous unissons. » (Banquet de Xénophon). Je trouve surtout la preuve de ce que j'avance, c'est-à-dire du soin que le philosophe a mis à « regarder à quelle personne il s'unissait, » dans la grande différence d'âge qui existait entre les deux époux ; en effet, lorsque Socrate fut condamné à boire la ciguë, c'est-à-dire au moment où il venait d'entrer dans sa 70e année, son fils aîné,

(2) Essais III, 12. Comparez le portrait que Rabelais nous a laissé de Socrate ; malgré quelques traits ajoutés par la riche imagination de l'auteur, il est éloquent, beau et vrai. (Prol. de Gargantua).

Lamproclès, était à peine âgé de 14 à 16 ans, et le plus jeune pouvait à peine marcher. (1)

Pour ce qui concerne l'éducation que Xantippe doit avoir reçue, je ne pense pas qu'elle ait dépassé le niveau de culture qu'atteignaient généralement les femmes mariées d'Athènes, principalement dans les familles appartenant aux classes moyennes de la société. Or, on sait que ce niveau était fort peu élevé. Les jeunes filles, retenues, comme des prisonnières, dans l'obscurité et l'isolement du gynécée, y apprenaient à peine, de leurs mères ou de leurs nourrices, les premiers éléments de l'écriture et de la lecture; les travaux domestiques et les ouvrages manuels absorbaient presque tous leurs instants. Eloignées de tout enseignement public, privées de tout stimulant propre à former leur intelligence, elles passaient une partie de leurs journées à rêver, comme dit Euripide : « un rien paresseux, rêvant à des riens dans sa grande simplicité, restant tranquillement assis sous le toit paternel, » ou bien concentrant toutes leurs jouissances dans l'étude de l'art frivole de la toilette et dans les faciles triomphes dont elles lui étaient redevables. C'est ainsi qu'Aristophane, dans sa comédie de Lysistrate, fait dire à Kaloniké : « mais les femmes pourraient-elles exécuter un dessein si grand, si glorieux, elles qui restent toujours à la maison, bien fardées, bien parées, vêtues de robes jaunes, de cimbériques flottantes et chaussées de péribarides? » Et encore devaient-elles s'estimer fort heureuses, lorsque le mari que le sort leur donnait se trouvait armé d'assez de patience pour mettre

---

(1) En 424, lorsqu'Aristophane fit représenter les Nuées, il ne paraît pas que Socrate ait déjà été marié; autrement, le poète eût sans doute amusé les Athéniens en leur montrant à sa manière la vie conjugale du philosophe qu'il voulait rendre ridicule. L'aîné de ses fils est né bien certainement au moins 5 ou 6 ans après cette date.

cette poupée timide et ignorante en état de diriger sa maison, et si celle-ci, à son tour, dans ses rapports avec le maître de céans, faisait preuve d'autant de mansuétude et de bonne volonté que la jeune épouse d'Ischomaque, qui comptait à peine quinze printemps, et dont Xénophon raconte que, jusqu'au moment de son mariage, « soumise aux lois d'une austère surveillance, elle n'avait presque rien vu, ni entendu, et n'avait fait que le moins possible de questions. » (Xen. Econ. Ch. 7-11).

Nous pouvons donc admettre avec quelque raison que Xantippe était une jeune fille peu fortunée, peu instruite, mais d'un extérieur agréable, lorsqu'elle unit son sort à celui de Socrate. Ceci posé, il resterait à rechercher pourquoi cette union ne fut pas heureuse et surtout à expliquer l'humeur acariâtre et emportée de la jeune femme dans ses rapports avec son mari. Si l'on pouvait s'en rapporter au témoignage d'Athénée, le grammairien, cette explication serait des plus faciles ; cet écrivain, en effet, ne cite pas moins de cinq autorités pour prouver que Socrate était une espèce de Mormon, et il raconte entr'autres singularités qu'il avait une seconde femme dans la personne de Myrto, petite fille d'Aristide, et que cette liaison avait été en quelque sorte sanctionnée par un décret du peuple, qui avait été rendu en vue de remédier aux pertes considérables que l'on avait éprouvées à Athènes durant la première période de la guerre du Péloponnèse (1). Mais un tel témoignage me paraît plus que suspect ; d'ailleurs le stoïcien Panétius l'a déjà contesté avec quelque succès (2) et il n'est plus personne aujourd'hui qui y ajoute foi. Nous ne nous y arrêterons donc point, pas plus qu'à l'opinion de ceux qui donnent pour cause à l'humeur chagrine de

(1) Athen. XIII, 555. Compar. Diog. Laert. II, 26.
(2) Plutarque, vie d'Aristide. C. 27.

Xantippe la grande différence d'âge qui existait entre elle
et son mari, ou la laideur repoussante de celui-ci.

Je me bornerai à faire observer qu'un décret qui, pour
obvier à la disette des citoyens, conférait les droits d'hommes libres aux enfants d'une concubine, dans de certaines
conditions et avec des restrictions légales, qui suspendait
pour un certain temps les effets de la loi qui exigeait que,
pour être admis au rang de citoyen, les enfants fussent nés
de père et de mère citoyens, ne saurait être assimilé à un
décret autorisant la polygamie dans les mœurs athéniennes.

L'origine de cette grosse méprise d'Athénée me paraît
être dans un passage mal interprété de Platon, où Socrate,
après avoir pris un bain, fait venir auprès de lui, pour
leur faire ses derniers adieux, ses enfants et ses femmes,
αἱ οἰκεῖαι γυναῖκες. (Phédon). Il est évident qu'il s'agit
ici de toutes les femmes de la maison et de la famille de
Socrate, ou peut-être même des femmes domestiques ou
esclaves; en tout cas, il ne peut être question de Xantippe,
que Socrate a congédiée au commencement du dialogue et
fait reconduire chez elle. S'il est vrai que cette expression
puisse s'entendre des épouses, l'épithète qui y est jointe
lui ôte cette signification précise et lui restitue son sens
large et général. D'ailleurs, si ce fait était vrai, comment
expliquer le silence des amis et des ennemis de Socrate à
cet égard? Si ses amis se sont tus par discrétion, Athénée
a beau dire, ce n'est pas le décret cité par lui qui aurait
empêché les poètes comiques de signaler une telle contra-
diction dans la conduite d'un homme aussi tempérant en
toutes choses. Mais il y a plus, dans les mœurs grecques
deux femmes légitimes supposaient deux ménages; or,
c'est un luxe que Socrate, on sait pourquoi, n'aurait pu
se permettre, d'autant plus qu'on raconte qu'il aurait épousé
Myrto parce qu'elle était dans la misère. Si Socrate a eu
deux femmes, il les a épousées successivement. Xénophon,
qui ne connaît pas plus que Platon cette première épouse

du philosophe, affirme que Lamproclès, l'aîné de ses
enfants, était né de Xantippe, qui est, bien certainement,
quoi qu'en dise Diogène Laërce, la dernière, sinon la seule
femme de Socrate. Sénèque, en constatant que celui-ci ne
fut pas heureux dans ses enfants, qui ressemblaient, dit-il,
plus à leur mère qu'à leur père, semble croire et même
dire qu'ils étaient tous trois fils de Xantippe (1).

Il est cependant une question qui se présente tout natu-
rellement, et je m'étonne qu'elle n'ait pas encore été posée :
y avait-il réellement chez Socrate l'étoffe nécessaire pour
faire un bon mari ? y a-t-il lieu de supposer qu'à l'instar
d'Ischomaque, il se soit sérieusement appliqué à former
sa jeune épouse, qui, nous l'avons vu, était si peu instruite
et si peu expérimentée, quand il lui abandonna la direction
de sa maison ? Malgré tout le respect que je professe pour
la haute raison de Socrate, pour le haut degré de culture
et de sociabilité auquel il était arrivé, quoique je ne con-
teste en aucune façon sa mission civilisatrice et son dévoue-
ment ardent à la cause de la vérité et de la vertu, je ne
puis cependant me défendre de certains doutes, du moment
qu'il s'agit de l'envisager et de le juger comme époux et
père de famille. Les institutions démocratiques, telles
qu'elles s'étaient développées à Athènes, étaient généralement peu faites pour seconder l'essor de la vie de famille ;
le chez soi du mari, on le sait, n'était pas sa propre maison, mais la place publique, où il passait la plus grande
partie de son temps, et les exigences multiples auxquelles
le citoyen était assujetti devaient contribuer tout particulièrement à relâcher les liens de famille et à reléguer la
femme dans un funeste isolement. Or, Socrate, cela est
certain, était, sous ce rapport, ce qu'on pourrait appeler
un Athénien pur sang ; les habitudes qu'il avait contractées

---

(1) Sen. Ep. 104. « Filios indociles et matri quam patri similiores. »

et qui le retenaient presque continuellement hors de chez lui, habitudes qu'il regardait, du reste, comme inhérentes à la mission qui lui avait été imposée par les dieux, n'étaient pas de nature à faire de lui un mari fort tendre et fort porté à rechercher les paisibles jouissances du foyer domestique. Cela ressort surtout de la manière dont il envisageait, ainsi que nous venons de le voir, la condition essentielle du mariage et surtout des paroles que Xénophon a mises dans sa bouche : « garde-toi de croire, dit-il à son fils Lamproclès, qui venait à peine d'atteindre l'âge de la puberté, que les hommes se marient uniquement pour les plaisirs de l'amour, *qu'ils ont tant de moyens de satisfaire.* » (Xen. Memor. II, 2). Xénophon ne lui fait-il pas dire encore, en s'adressant à Critobule : « y a-t-il quelqu'un qui entre plus dans tes affaires que ta femme ; existe-t-il un être avec qui tu converses moins qu'avec ta femme ? » Et Critobule répond : « non, certes, sauf de rares exceptions. » En lisant ce passage, je me suis rappelé involontairement cet autre passage de la comédie de Lysistrate, d'Aristophane, où l'héroïne de la pièce nous fait connaître un entretien qu'elle a eu avec son mari : « dans la dernière guerre, nous avons supporté votre conduite avec une modération exemplaire ; vous ne nous permettiez pas d'ouvrir la bouche. Vos projets étaient peu faits pour nous plaire ; cependant ils ne nous échappaient pas, et souvent au logis nous apprenions vos résolutions funestes sur des affaires importantes. Alors, cachant notre douleur sous un air riant, nous vous demandions : qu'est-ce que l'assemblée a résolu aujourd'hui ? quel décret avez-vous rendu au sujet de la paix ? — Qu'est-ce que cela te fait ? disait mon mari, tais-toi ; et je me taisais. Une autre fois, vous voyant prendre une résolution des plus mauvaises, je disais : mon ami, comment pouvez-vous agir aussi follement ? Il me regardait aussitôt de travers, en disant : tisse ta toile, ou ta tête s'en ressentira. »

Ce qui est certain, c'est que Socrate, à ses derniers instants, fit bien voir que chez lui le philosophe l'emportait évidemment sur l'homme, et plus particulièrement sur l'époux et le père de famille. Platon, qui ne s'est permis, que je sache, aucune observation désobligeante sur le compte de Xantippe, quoique les occasions ne lui aient pas manqué pour le faire, fait dire à Phédon : « En entrant dans la prison, nous trouvâmes Socrate à qui l'on venait d'ôter ses fers, et Xantippe, *tu la connais*, auprès de lui, et tenant un de ses enfants entre ses bras. A peine nous eût-elle aperçus, qu'elle commença à se répandre en lamentations et à dire tout ce que les femmes ont coutume de dire en pareilles circonstances. Socrate, s'écria-t-elle, c'est donc aujourd'hui le dernier jour où tes amis te parleront et où tu leur parleras ! Mais lui, tournant les yeux du côté de Criton : qu'on la reconduise chez elle, dit-il ; aussitôt quelques esclaves de Criton l'emmenèrent poussant des cris et se meurtrissant le visage. » (Platon, Phédon). On est allé jusqu'à chercher dans cette explosion de la douleur de Xantippe, une preuve à l'appui de son caractère querelleur et emporté. Une telle interprétation, non seulement me paraît peu équitable, mais elle dénote encore une ignorance complète de ce qui se passait dans les cérémonies funèbres chez les Grecs, où les femmes avaient coutume de se livrer sans contrainte à la violence des sentiments qu'elles éprouvaient en pareilles circonstances. Mais il y a dans cette scène de la prison, à côté de ces adieux de Xantippe, qui me semblent pénétrés d'une douleur vraie et profonde, un incident qui m'a frappé, c'est le calme, j'allais presque dire, l'impassibilité avec laquelle Socrate, aussitôt après le départ de sa femme, se met à se frotter la jambe à l'endroit où les fers l'ont blessée et à entamer une discussion philosophique sur la corrélation qui existe entre la douleur et le plaisir. Vraiment, notre philosophe me paraît répondre assez froidement à une affection bien naturelle et à une faiblesse, à mon avis, très-pardonnable. On serait tenté de croire à l'authenticité de cette réponse que lui prête Diogène Laërce (II, 36). On lui demandait un jour ce qui était préférable, se marier ou rester célibataire : « Quelque soit le parti que tu prennes, répond-il à son interlocuteur, tu t'en repentiras. »

Voici encore une autre question, sur laquelle je crois devoir insister : Xantippe n'a-t-elle pas eu à souffrir fréquemment des bizarreries de Socrate ; sa patience n'a-t-elle pas été mise plus d'une fois à une rude épreuve ? Il est certain que notre philosophe était un original dans la vraie acception de ce mot, et même une sorte de pédant ; il suffit, pour s'en convaincre, de l'observer dans ses allures et dans ses habitudes de chaque jour. Le peu de cas qu'il semblait faire de tout ce qui pouvait contribuer à faire ressortir et à rehausser les avantages physiques, dégénérait fort souvent en une sorte de mépris des bienséances extérieures et conventionnelles, même les plus vulgaires, à tel point qu'il n'y avait plus, à vrai dire, que quelques pas à faire pour arriver à certaines aberrations des philosophes cyniques et au tonneau de Diogène. On sait que ses amis eux-mêmes s'amusaient fréquemment du peu de soin que le Maître donnait à ses vêtements et à son extérieur en général, et Aristophane pouvait fort bien, avec quelque raison, faire dire à Strepliade, en parlant de Socrate et de Chéréphonte, son disciple : « ne dis pas tant de mal de ces excellentes gens, de ces hommes habiles et pleins de sens, qui, par économie, ne se font jamais raser, ni parfumer, qui ne prennent jamais de bains de propreté. » (Nuées 835 et suiv.). On comprendra aisément que Xantippe ait pu être choquée d'une pareille indifférence, qui répugnait si fort à ses instincts de femme. Qu'on se le représente, en outre, marchant à l'aventure dans les rues d'Athènes, quelquefois distrait et absorbé dans ses pensées jusqu'à demeurer des journées entières comme cloué à la même place (1), répétant à tout venant qu'on ne peut rien apprendre des arbres et des paysages, et restreignant par conséquent ses promenades à l'enceinte même de la ville, se livrant seul chez lui, chaque matin, à des exercices de danse et agitant ses membres en tous sens, ainsi que le rapporte Charmide, son jeune ami, qui l'avait surpris un jour au milieu de ces occupations bizarres, et l'on pourra peut-être se rendre compte des accès de mauvaise humeur de sa compagne, surtout si l'on considère que Socrate, dans un âge déjà fort avancé, se faisait instruire dans la musique, et qu'il faisait des efforts remarquables pour mettre sa voix, qui avait sans doute perdu toute sa fraîcheur et toute sa flexibilité, en harmonie avec les sons qu'il tirait de sa lyre.

Aristophane, en confondant Socrate avec les sophistes qu'il n'a cessé de combattre en leur empruntant leurs propres armes, nous semble avoir épousé les préventions de la foule à l'égard du philosophe, à moins que nous ne mettions une telle confusion au compte d'une mauvaise foi que j'aurais de la peine à m'expliquer. Des hommes d'esprit, des femmes comme Aspasie, pouvaient voir le Dieu sous le Silène, comme dit Platon, mais Xantippe, dont l'éducation avait été si fort négligée, était-elle capable de découvrir cette beauté divine? N'y a-t-il pas lieu de supposer qu'avec le peu d'instruction qu'elle avait reçue, avec le peu de lumières qu'elle possédait, elle a du partager ces

(1) Quelquefois, sous l'influence d'une méditation profonde, cette insensibilité aux impressions extérieures atteignait presque un état d'anesthésie cataleptique. Dans la campagne de Potidée, des soldats ioniens, qui l'avaient observé, rapportèrent que, plongé dans ses méditations, il était resté dans la même posture, debout toute une journée et toute une nuit, et n'était rentré au camp que le lendemain au point du jour, après avoir fait sa prière à Apollon. (Platon, banquet. Aulu-Gelle. Noct. att. II, 1).

préventions populaires ? Je dirai plus, je suis fort porté à croire qu'elle a dû plus d'une fois sentir son cœur se serrer à l'idée que son mari, si peu soucieux de ses propres affaires, la laissait végéter en quelque sorte, elle et ses enfants, dans un état voisin de la gêne, tandis que d'autres philosophes trouvaient dans leur enseignement un moyen assuré d'arriver à la fortune ?

On sait que Socrate, indifférent à la fortune, avait refusé des présents, non seulement des rois et des étrangers, mais souvent de ses meilleurs amis (1) ; il ne voulait pas les accepter même à titre d'honoraires ou de rémunération légitime pour ses leçons et ses conseils (2). Charmide lui ayant envoyé des esclaves pour qu'il pût tirer profit de leur industrie et de leur travail, il les refusa. Il repoussa de même les offres d'Archélaus de Macédoine, de Scopas de Cranonium, d'Euryloque de Larissa, qui l'invitaient à se rendre et à vivre auprès d'eux (3). On comprend une telle indifférence chez Socrate, car il avait pour maxime de diminuer autant que possible le nombre de ses besoins, afin de se rapprocher davantage de la divinité qui n'en avait aucun (4). Mais Xantippe, on le comprend, ne pouvait partager ce sentiment d'indépendance qui se révèle plus particulièrement dans ces paroles qu'on attribue à son mari, à la vue des objets de toute nature étalés sur le marché d'Athènes : « combien de choses dont je n'ai pas besoin ! »

Je suis, d'ailleurs, fort porté à croire que Socrate a dû faire plus d'une fois sur sa propre femme l'essai de sa méthode d'accouchement, comme il l'appelait, et qui était

---

(1) Elien, hist. var. IX, 29. Xenoph. Apol. 16. Compar. Senec. de benef. I, 8.

(2) Platon, Apologie.

(3) Diog. Laert. II, 51. 25.

(4) Xen. memor. I, 6, 10.

une de ses manières de faire le jour dans l'esprit de ses
auditeurs. Il y avait, on le comprend, dans cette méthode,
qui ne ménageait personne, pas même les sophistes et les
démagogues, de quoi surexciter et même exaspérer la
femme la plus calme et la moins querelleuse. Socrate, en
effet, avec un air de bonhomie souriante et de simplicité
affectée, sous prétexte de se faire l'élève de ses auditeurs
et d'apprendre de leur bouche de merveilleux secrets, les
interrogeait avec une insistance désespérante, les priait
naïvement de satisfaire sa curiosité, puis les poussait de
conséquence en conséquence jusqu'à des absurdités magni-
fiques qui les couvraient de confusion devant un auditoire
suspendu d'abord à leurs lèvres et à la fin désenchanté.
Qu'on me cite, chez les Anciens aussi bien que les Modernes, une seule femme qui consente volontiers à se prêter
à des raisonnements qui s'imposeraient ainsi à sa volonté
en même temps qu'à son intelligence, et qui ne s'insurge-
rait pas contre cette polémique d'escarmouches et d'embus-
cades, où de contradictions en contradictions elle serait
fatalement amenée à se méfier de ses propres pensées et à
avouer finalement qu'à vrai dire elle ne sait rien, absolument rien. C'est peut-être à la suite d'une tentative de ce
genre qu'eut lieu cette scène d'intérieur, fort grotesque à
mon sens, et dans laquelle Xantippe doit avoir répandu le
contenu d'un vase qu'elle tenait à la main sur la tête et les
épaules de son placide époux, qui se contenta de lui dire
qu'il savait bien que le tonnerre est presque toujours suivi
d'une pluie abondante. Il me répugnerait en tout cas d'attribuer à un mouvement de jalousie un tel oubli des conve-
nances les plus vulgaires, car en dépit des assertions
d'Athénée et des bruits concernant ses relations avec Myrto
et Aspasie, ce n'était pas au sexe le plus faible que Socrate
réservait ses préférences. Et encore, pour ce qui concerne
ce dernier point, cet amour dont il parle en plus d'un
endroit, « la seule chose qu'il sache, » malgré l'accusation

ouverte de Juvénal, trop légèrement reproduite par Boileau, cet amour, dis-je, ne s'adressait pas à la beauté physique, mais à la beauté intérieure, et ne se proposait d'autre volupté que de purifier, de rendre plus belle et meilleure l'âme de celui qu'il disait aimer; cela est prouvé non seulement par le témoignage de Platon, qui affirme que Socrate ne s'inquiétait pas, dans le choix de ses amis, de savoir s'ils étaient beaux, et par celui de Xénophon, qui confirme le premier, mais encore par le silence des contemporains, et surtout des poètes comiques et d'Aristophane en particulier, qui n'auraient certes pas négligé ce trait, si une telle calomnie eût été possible. Il conviendrait peut-être mieux d'attribuer ce mouvement d'impatience de Xantippe à l'explosion subite d'un dépit longtemps contenu à la vue de Socrate rentrant un jour chez lui, de bon matin, après avoir, selon son habitude, passé la nuit à converser et à boire avec ses amis.

Par cela même que notre philosophe passait régulièrement ses journées hors de chez lui, sur la place publique, dans les gymnases, les portiques, les boutiques des artisans et les salles de banquets, c'est sur sa femme que retombait nécessairement toute la charge de l'éducation des enfants, et l'on sait que sous ce rapport les résultats obtenus par Socrate ne furent guère plus heureux que ceux que l'on a pu constater chez maint pédagogue moderne; c'est du moins ce qui résulte du témoignage de Xénophon. Lamproclès, l'aîné de ses fils, était un jour fort irrité contre sa mère: « personne, disait-il, ne peut supporter sa mauvaise humeur; elle dit des choses tellement dures qu'on ne voudrait pas les entendre même au prix de ce qu'on a de plus cher au monde. » Il en était même venu jusqu'à déclarer que la fureur d'une bête féroce lui semblait plus supportable que celle d'une mère comme celle-là. Socrate se croit obligé, à cette occasion, de rappeler toutes les obligations que ce fils ingrat a contractées envers sa mère, tous les bienfaits dont celle-ci l'a comblé dès sa naissance, et on ne saurait nier que dans ces observations qu'il adresse à l'enfant rebelle, il ne rende pleine justice à Xantippe : « et toi, qui sais que ta mère, quoiqu'elle dise, loin de t'en vouloir, ne souhaite à personne autant de bien qu'à toi, tu la vois de mauvais œil ! penses-tu donc que ta mère soit ton ennemie ? » Et quand Lamproclès lui a répondu que telle n'est pas sa pensée, il continue en ces termes : « quoi donc ! une mère qui t'aime, qui, dans ses maladies, fait tout ce qu'elle peut pour te rendre la santé, qui veille à ce que rien ne te manque, qui dans ses prières invoque pour toi les bienfaits des dieux et leur fait des offrandes, tu prétends que c'est une méchante mère ! Si tu ne peux supporter le bonheur, le bonheur est donc insupportable. » Toutefois, et ceci est caractéristique, il croit devoir ajouter ces quelques mots sous forme de consolation : « dois-tu trouver plus difficile d'entendre les choses dures que te dit ta mère, qu'il ne l'est aux comédiens de s'écouter réciproquement, lorsque, dans les rôles tragiques, ils en viennent aux plus sanglantes injures ? » (Xen. Memor. II, 2).

On le voit, la vivacité toute passionnée de Xantippe n'est autre chose aux yeux de Socrate qu'une affaire de tempérament ; selon lui, elle ne fait aucun tort à son caractère qu'il tient pour foncièrement bon. Cette distinction que le philosophe paraît établir entre le tempérament et le caractère de sa femme nous explique en même temps la résignation exemplaire dont il faisait preuve à chaque explosion, et qui ne manquait jamais de ramener le calme dans cette âme momentanément agitée et troublée. Xantippe elle-même a dû reconnaître et apprécier plus d'une fois cette égalité d'humeur de son mari ; elle y faisait sans doute allusion lorsqu'elle disait après sa mort qu'elle l'avait toujours vu sortir de chez lui et y rentrer avec le même visage serein et souriant (1).

(1) Elien, hist. var. IX, 27. Cic: Tuscul. III, 15. Compar. Senec. de irâ II, 6.

Mais comment se fait-il que Xénophon, qui, dans les mémoires de Socrate, s'est montré si favorablement disposé à l'égard de Xantippe, tienne un langage tout différent dans son Banquet (c. 2)? Plusieurs danseuses viennent de faire admirer leur habileté, et Socrate partageant l'admiration générale, trouve que les tours qu'elles viennent d'exécuter démontrent clairement que la femme ne le cède en rien à l'homme : « elle n'a besoin, ajoute-t-il, que d'un peu plus de force de corps et de vigueur d'esprit : ce qui doit engager ceux d'entre vous qui ont des femmes à leur enseigner tout ce qu'ils voudraient qu'elles sussent. » — « Eh bien ! Socrate, lui dit Antisthènes, puisque telle est ton opinion, pourquoi, au lieu d'instruire Xantippe, t'accommodes-tu de cette femme la plus insociable qui soit, qui fut et qui sera jamais ? — C'est que je vois, répond Socrate, que ceux qui veulent devenir de bons écuyers se procurent, non les chevaux les plus dociles, mais les coursiers les plus ombrageux, persuadés que, s'ils les domptent, ils viendront plus facilement à bout des autres. Je voulais apprendre l'art de vivre en société avec les hommes, et j'ai épousé Xantippe avec la conviction que, si j'arrivais à la supporter, je m'accommoderais aisément de tous les caractères. » Cette attaque brutale d'Antisthènes n'a rien qui doive nous étonner ; le fondateur de l'école cynique a dû être de tous les amis de Socrate celui que Xantippe aimait le moins, principalement à cause de la simplicité et de la sobriété dont il faisait parade et qui n'étaient pas exemptes de reproches ; comme Socrate, elle l'avait jugé sévèrement et avait trouvé sans doute que l'on pouvait voir son orgueil à travers les trous de son manteau. Antisthènes, de son côté, n'aura pas tardé à s'apercevoir du peu de sympathie qu'il inspirait à la femme de son ami, et c'est sans doute à cette circonstance qu'il convient d'attribuer l'excessive sévérité avec laquelle il parle de son caractère. Ce point une fois admis, il n'y a plus lieu, ce me

semble, de trop s'inquiéter du jugement de Xénophon ; il
est évident que tout ce qu'il y a de désobligeant dans les
paroles qu'il prête à Antisthènes est plutôt à l'adresse de
celui-ci qu'à celle de Xantippe. Mais alors comment expliquer la réponse que cet auteur met dans la bouche de
Socrate ? Je suis fort porté à croire que ce dernier ne parle
pas sérieusement, mais qu'il veut seulement, au moyen
d'une plaisanterie, se défendre du reproche d'inconséquence
qui vient de lui être fait à brûle-pourpoint ; peut-être aussi
n'a-t-il pas jugé à propos de relever le gant et de s'ériger
en champion de sa femme contre un adversaire aussi résolu,
et qui affichait d'ailleurs une dédaigneuse indifférence pour
tout ce qui touchait aux devoirs sociaux et principalement
à ceux qui concernaient la famille.

En général, il convient de n'accueillir qu'avec une extrême
réserve les nombreuses anecdotes plus ou moins apocryphes,
plus ou moins contradictoires, qu'Elien, Plutarque, Diogène
Laërce, Athénée et tant d'autres ont débitées sur le compte
de Xantippe ; outre que je remarque au fond de chacun
d'elles une intention manifeste de dénigrement et un certain
amour des contrastes, plusieurs d'entr'elles me paraissent
avoir subi des modifications importantes selon qu'elles ont
été racontées ou inventées par tel écrivain ou tel autre.
C'est ainsi que la sortie passablement brutale que Xénophon
a mise dans la bouche d'Antisthènes, est attribuée à Alcibiade par Plutarque et Aulugelle, et que Diogène Laërce,
sans doute pour donner un tour plus piquant à la réponse
de Socrate, fait dire à celui-ci qu'il s'est habitué aux objur-
gations de sa femme, à peu près comme on s'habitue au
bruit d'une roue ou d'une crécelle : « et toi, même, de-
mande-t-il enfin à Alcibiade, n'es-tu pas arrivé à supporter
facilement le cri des oies ? » Puisque je viens de prononcer
le nom d'Alcibiade, je ne veux pas passer sous silence une
autre scène d'intérieur, racontée par Elien, et dans laquelle
Xantippe se serait emparée de friandises que ce jeune ami

de Socrate avait envoyées à son maître, et les aurait foulées sous ses pieds. Je ne pense pas, ainsi que semble l'entendre l'écrivain que je viens de citer, qu'il faille attribuer à la jalousie cet accès de mauvaise humeur. En admettant que l'historiette soit vraie, ce qui me paraît fort contestable, ne conviendrait-il pas d'expliquer ce mouvement d'impatience féminine par la mauvaise réputation de ce Don Juan Athénien, que le poète comique Phérécrate appelle le mari de toutes les femmes, et au peu de sympathie qu'a dû inspirer à une honnête mère de famille, cet homme volage qui maltraita tellement sa propre femme, la vertueuse Philarète, qu'elle se vit forcée de demander publiquement le divorce. Voici encore une autre scène bien propre, selon Plutarque qui nous l'a conservée, à faire connaître le caractère emporté de Xantippe. Socrate avait un jour invité à dîner Euthesdème, qu'il avait rencontré au sortir du gymnase ; Xantippe, qui n'avait pas été prévenue, entra dans une telle fureur qu'elle renversa la table avec tout ce qu'elle contenait, après avoir crié et tempêté contre les visiteurs importuns ; son mari, qui était la patience même, se contenta de lui dire sans s'émouvoir le moins du monde de ses propos blessants : « une poule n'est-elle pas entrée, ces jours derniers, dans la chambre, sans avoir été appelée, et cependant nous n'en avons ressenti aucune irritation. » Cette anecdote est-elle bien authentique ? ce qui me porte à en douter, c'est que je la vois reparaître dans un autre écrit du même auteur, et que, dans cette nouvelle édition, ce n'est plus Xantippe qui est en cause, mais le dragon familier du sage Pittacus. En voici, du reste, une autre, que j'emprunte à Diogène Laërce, et qui m'inspire plus de confiance parce qu'elle répond davantage au portrait de Xantippe, tel que je me le figure d'après les Mémoires de Socrate, de Xénophon. Socrate ayant un jour invité plusieurs amis fort riches, sa femme, prise pour ainsi dire au dépourvu, se trouvait dans une grande perplexité quant

aux préparatifs à faire : « rassure-toi, lui dit Socrate ; si
nos convives ne se montrent pas trop exigents, ils se con-
tenteront de ce que nous pourrons leur offrir ; dans le cas
contraire, nous n'avons pas à nous en inquiéter. » Voyez-
vous d'ici cette femme colère et emportée, dans un moment
où d'autres personnes de son sexe et sans doute aussi beaucoup de nos femmes d'aujourd'hui se seraient vivement
récriées et auraient peut-être fait quelque éclat, attendre
avec calme l'arrivée de convives que certes elle n'aurait
pas choisis, et faire, comme on dit, à mauvais jeu bonne
mine ; quelques bonnes paroles de Socrate ont suffi pour
dissiper ses appréhensions et la rassurer complètement.

On n'en finirait pas, si l'on voulait épuiser le répertoire
parfois grotesque des mille et une anecdotes qui ont été
débitées et colportées sur le compte de Xantippe ; aussi
jugé-je prudent de m'arrêter pendant qu'il en est temps
encore. Seulement, avant de terminer, je crois devoir en
citer encore quelques-unes, dont on a fait grand bruit, et
où cette femme insociable, selon que son caprice l'y poussait, empruntait les vêtements de son mari ou refusait avec
obstination de les porter, quand il y avait nécessité de le
faire. Pour bien comprendre la portée et le sens de ces
anecdotes, et surtout le peu de valeur qu'il convient d'y
attacher, il importe avant tout de rappeler que l'ἱμάτιον
ou vêtement de dessus, espèce de draperie ou de couverture
de laine qu'on attachait autour du cou ou sur l'épaule au
moyen d'une broche, était à peu près le même pour les
hommes et pour les femmes ; la seule différence, quand il
y en avait une, portait sur la qualité du tissu, sur l'éclat
et le brillant des couleurs, les femmes choisissant natu-
rellement les matières les plus précieuses, les couleurs les
plus éclatantes. Dans les ménages pauvres, il arrivait fréquemment que la femme se servait de l'ἱμάτιον du mari,
soit que le sien eût été envoyé chez le foulon pour être
dégraissé, ou que ce fût l'unique vêtement de ce genre qui

se trouvait dans la maison ; quelquefois aussi le contraire
arrivait ; et c'était alors le mari qui s'affublait du manteau
de sa femme. Elien raconte que Xantippe refusa avec obstination de sortir avec le manteau de son mari un jour qu'elle
devait assister à une représentation théâtrale, et que Socrate
lui dit : « tu vois bien que tu vas au théâtre uniquement
pour t'y faire voir et non pas pour voir. » Avant de formuler
un blâme quelconque à l'adresse de l'indocile épouse, je
désirerais être renseigné sur l'état du manteau en question,
qui certes n'a pas dû être un objet de toilette des plus rares.
Nous lisons, d'un autre côté, dans les considérations mo-
rales de l'empereur Marc-Aurèle, que Socrate dut rester
un jour chez lui, parce que sa femme s'était emparée de
son manteau pour faire ses courses de la journée. Ainsi,
cette fois, Xantippe aurait fait, spontanément et sans doute
sans le consentement de Socrate, ce que, dans une autre
occasion, celui-ci n'avait pu obtenir d'elle, malgré l'insistance qu'il y avait mise ; tout cela n'est guère croyable,
il faut en convenir. Et que dirons-nous de cette autre historiette, racontée par Diogène Laërce (VIII, 11), où la
scène se passe, non plus dans l'intérieur de la maison,
mais dans la rue, sous les regards du public ? Xantippe,
y est-il dit, rencontra un jour sur la place publique Socrate
affublé de son manteau ; se jeter sur lui et lui arracher le
vêtement de dessus les épaules, ce fut l'affaire d'un instant.
Quelques personnes présentes conseillaient au philosophe
de se servir de ses mains pour châtier une telle insolence :
« sans doute, leur répliqua celui-ci, pour que vous puissiez
battre des mains pendant que nous en viendrons aux mains,
et crier bravo, Socrate ! bravo, Xantippe ! »

Toutes ces histoires, souvent contradictoires, et dont les
auteurs paraissent avoir fait une large part à l'exagération,
ne peuvent avoir, cela est certain, qu'une bien mince
valeur à côté des renseignements fournis par Xénophon.
Lors même que les détails qu'elles renferment seraient vrais,

je ne pourrais me résoudre à faire comme tout le monde et
à joindre ma pierre à celles de tant d'autres pour la jeter à
cette femme qui, même dans l'état d'infériorité morale et
intellectuelle où elle avait été laissée, fut une des premières
à flétrir la condamnation de Socrate et à prédire qu'elle resterait comme une tache indélébile dans l'histoire du peuple
athénien : « tu péris injustement, dit-elle à Socrate, au
moment où elle va se séparer de lui pour toujours. — Aimerais-tu mieux, lui répond-il, que je périsse justement? »

Je ne prétendrai certes pas avec Wieland que Socrate
n'aurait pu trouver dans toute l'Attique une épouse meilleure
que Xantippe ; ce serait répondre à une exagération par
une autre exagération. Cependant, m'appuyant surtout sur
le témoignage de Xénophon qui l'a connue, je me crois
autorisé à prétendre, à mon tour, qu'il serait temps enfin
de se montrer plus équitable qu'on ne l'a été jusqu'ici à
l'égard de cette malheureuse femme, et de voir désormais
dans la compagne de Socrate, non plus cette mégère anec-
dotique, qui semblait n'avoir été placée dans l'intimité du
philosophe que pour faire mieux ressortir son humeur
patiente et toujours égale, mais bien plutôt une jeune femme
peu cultivée, fort négligée par son mari, irascible de sa
nature et souffrant de l'espèce de gêne qui régnait sous le
toit conjugal ; j'ajouterai qu'elle n'aurait jamais acquis une
telle célébrité, si elle n'avait eu la chance, heureuse ou
malheureuse, d'unir sa destinée à celle de Socrate. Elle
est à mes yeux le type de la femme athénienne ordinaire,
dont le genre de vie et les habitudes contrastaient à cette
époque d'une manière frappante avec les progrès de la civilisation et la révolution qui s'était opérée dans les mœurs
athéniennes à la suite des victoires éclatantes remportées
sur les Perses. Ce contraste apparaîtra, du reste, d'une
manière plus remarquable encore dans le portrait que je me
propose de tracer d'une autre femme, qui fut, dans le
même temps, l'idéal de la femme émancipée.

II. ASPASIE.

L'émancipation désordonnée de la femme à Athènes ne date pas, comme on pourrait le croire, de l'époque qui suivit de près les guerres médiques. Il y a déjà dans la législation de Solon mainte loi qui révèle une sorte de déchéance de la femme, comme un pas en arrière dans la manière d'apprécier les liens et les devoirs du mariage. Cette perturbation qui s'opéra insensiblement dans les rapports sexuels, ce retour à la barbarie, conséquence inévitable d'un raffinement excessif de civilisation, entraîna nécessairement à sa suite un relâchement presqu'incroyable dans les mœurs des habitants de l'Attique. S'il est vrai que la prostitution, telle qu'elle s'est développée dans nos grandes villes modernes, dépasse de beaucoup, par ses énormes proportions et les raffinements de tout genre dont elle dispose, celle des principales villes de l'ancienne Grèce, même de Corinthe avec ses mille hiérodules ; il n'en est pas moins vrai également que, dans ces dernières, elle s'affichait avec une plus grande liberté et d'une manière plus éhontée, grâce surtout aux priviléges qui lui étaient assurés par l'Etat et la religion. Une vie dissolue n'ôtait rien au jeune homme de sa considération aux yeux du monde, du moment où il avait payé sa dette à l'Etat en prenant une femme légitime, et il n'y avait presque point de banquets où des joueuses de flûte et de cithare ne provoquassent, par leurs complaisances payées, les scènes les plus licencieuses et les plus lascives. En général, on ne trouvait aucune immoralité à donner un libre cours aux passions les plus déréglées, pourvu qu'on ne négligeât pas de se conformer aux prescriptions divines et humaines, et qu'on fût en mesure de laisser après soi des héritiers directs et légitimes. Nous trouvons cette maxime exprimée fort naïvement dans le discours contre Neæra, attribué à Démosthènes : « Nous entretenons, y est-il dit, des courtisanes pour la volupté de l'âme, des concubines pour la satisfaction des sens, des femmes légitimes pour nous donner des enfants de notre sang et bien garder nos maisons. » Platon lui-même regarde la prostitution comme un mal nécessaire ; dans la législation qu'il propose, la seule restriction qu'il demande pour elle, c'est qu'on s'abstienne de tout scandale public. Nous avons déjà fait remarquer, à propos de Xantippe, avec quelle franchise Socrate s'exprime sur le même sujet dans les paroles qu'il adresse à son fils, qui sortait à peine de l'enfance. Suivons un instant ce philosophe dans la visite qu'il fait à la courtisane Théodote (Mém. III, 11). Au moment où il entre en compagnie de quelques amis dans la demeure de cette femme, il la trouve assise devant un peintre occupé à faire son portrait. Après lui avoir adressé force compliments sur sa grande beauté, et lui avoir démontré qu'elle a infiniment plus gagné à cette visite que lui et ses amis, il entre dans une foule de détails sur le métier qu'elle exerce et va même jusqu'à lui donner des conseils sur la manière la plus efficace, selon lui, d'attirer les hommes chez elle et de se les attacher. Puis, après qu'on a promis de se revoir, on se quitte, sans qu'une parole de blâme soit sortie de la bouche du philosophe moraliste; sans que celui-ci ait fait la moindre tentative pour ramener la courtisane à d'autres sentiments et pour l'exhorter à adopter un autre genre de vie. Ne faut-il pas voir dans tout cela les symptômes irrécusables d'une profonde dépravation morale ?

Socrate, il faut le dire, vivait précisément à une époque où l'hétairie était dans toute sa fleur. Ce n'est pas qu'il n'ait déjà existé auparavant des catégories diverses parmi les prêtresses d'Aphrodite pandémos, et que celles qui savaient rehausser l'éclat de leurs charmes naturels par le luxe de leur installation et l'élégance de leur toilette, par des manières fines et distinguées, par un esprit sémillant et un caractère gai et agréable, n'aient été assurées d'avance de l'emporter sur leurs rivales. Le poète comique Eubulos loue surtout les belles manières d'une courtisane en renom : « Avec quelle grâce elle mangeait ! s'écrie-t-il ; elle ne faisait pas comme les autres personnes de son espèce, qui se remplissent la bouche de boulettes à l'ail, mordent vilainement dans un morceau de viande, et dont les joues gonflées témoignent de leur voracité ; mais, comme la jeune vierge milésienne, dont tous les mouvements sont gracieux et doux, elle savait goûter délicatement de chaque mets. » Cette même Théodote, dont parle Xénophon, était tout particulièrement redevable du grand nombre de ses adorateurs au riche ameublement de sa demeure, à l'élégance et à l'éclat de sa toilette, et surtout à un cortège habilement ménagé de jeunes suivantes, jolies et gracieuses. Quelqu'un lui demanda un jour à qui elle était redevable de tout ce luxe : « Je m'imagine, répondit-elle, que quelque ami me comble de ses bienfaits. » Mais c'est principalement à Athènes que le terrain se trouvait le plus admirablement préparé pour ces belles étrangères, qui avaient presque toutes reçu le jour dans quelqu'une de ces villes grecques de l'Asie mineure, où les raffinements d'un luxe tout oriental et les débordements de tout genre avaient depuis longtemps forcé les portes étroites du gynécée et où la femme avait été appelée de bonne heure à jouer un rôle plus important que dans la Grèce proprement dite. La population d'Athènes avait été presqu'entièrement renouvelée à la suite des guerres meurtrières qui l'avaient épuisée ; mais Athènes, ville de commerce et d'industrie, ne se recrutait pas, comme Rome, d'hommes ayant à peu près même sang, mêmes coutumes et mêmes idées. Des Asiatiques, des Thraces accouraient dans ses murs, y apportant des mœurs nouvelles et mauvaises ; quelle patriotique ardeur pouvait avoir cette population étrangère, ces enfants qu'Athènes n'avait point portés, qu'elle n'avait pas nourris de sa parole, des leçons de son histoire ? Le gain et le plaisir étaient sa grande affaire. Une autre influence mauvaise, délétère, était celle de l'esclavage. L'esclave, voué par sa condition même à la sensualité, au vol, à la ruse, à toutes les basses et ignobles passions, se vengeait de l'homme libre en le corrompant pour profiter de ses vices. Des débauchés ne sont jamais de bons citoyens. Il en coûte à le dire, la philosophie elle-même, en hostilité avec la tradition, avec l'ordre établi, n'était pas une école de patriotisme, mais un dissolvant de plus jeté dans la cité. La grandeur, le salut de l'Etat, étaient la constante préoccupation des contemporains de Miltiade et de Thémistocle ; les élèves de Socrate se disent comme lui citoyens du monde ; ils commencent à mépriser les institutions nationales, à professer une indifférence égale pour la liberté et la servitude et même, comme Xénophon à Coronée, à tirer l'épée contre leurs concitoyens. J'ajouterai que le contact immédiat avec la civilisation orientale qui allait périr, il est vrai, mais qui était alors la plus avancée du monde, avait modifié de mille manières les mœurs des Athéniens, restées simples jusqu'alors ; les parfums de l'Arabie, les tissus fins et délicats, les pierres précieuses, les mille produits de l'industrie des Lydiens, de la Phénicie et de Babylone, avaient pénétré de plus en plus dans leurs usages et dans leurs habitudes et avaient ainsi préparé la voie à ce relâchement des mœurs publiques, qui enfanta par la suite une sensualité toute béotienne, l'indifférence politique et la défaillance des vertus civiques.

. L'épouse athénienne ne se trouva pas dès l'abord entraînée dans ce mouvement rapide et général, qui eut pour conséquence inévitable de modifier profondément les conditions essentielles de la vie et de la pensée ; avec le peu d'instruction et de lumières qui lui étaient échues en partage, elle n'était pas convenablement préparée pour s'y associer activement, pour faire tourner à son avantage les enseignements des sophistes, les connaissances variées que ces encyclopédistes de l'antiquité répandaient avec profusion autour d'eux. Elle se trouva donc réduite à une extrême insignifiance ; à peine s'éleva-t-elle d'un degré au-dessus des esclaves. C'en est fait des grandes et nobles figures de l'Iliade et de l'Odyssée ; elles ne laissent plus, dans les tragédies d'Eschyle et de Sophocle, que des images idéales et lointaines, copiées sur le modèle homérique. C'est Xénophon, Thucydide ou Démosthènes qu'il faut consulter pour se faire une idée de la situation des femmes sous le régime de la démocratie. Toute la part vulgaire et commune de l'existence leur est abandonnée : « La femme parfaite, dit Xénophon (Econ. dom.), doit ressembler à la reine abeille, ne pas sortir de chez elle, exercer une surveillance active sur les esclaves, leur distribuer leurs tâches diverses ; recevoir les provisions et les mettre en ordre, économiser avec soin tout ce qui n'aura pas été employé, le mettre en réserve ; surveiller la fabrication de la toile et la confection des vêtements, ainsi que la cuisson du pain ; prendre soin des esclaves infirmes, quel que soit leur nombre ou leur âge ; ranger avec attention et tenir bien propres tous les ustensiles de cuisine, leur donner des noms convenables, qui servent à les faire reconnaître ; nourrir et élever les enfants ; enfin prendre soin de sa toilette. » Sur le tombeau de la ménagère on sculpte une bride, un bâillon et un hibou, symboles de vigilance, d'économie et de silence. La Vénus chaste, la Vénus du mariage, pose son pied sur une tortue, pour exprimer cette pensée que la femme ne doit se permettre aucun mouvement d'esprit et de cœur. A peine les écrivains mentionnent-ils les femmes mariées, si ce n'est pour en dire du mal ; voyez, dans les drames d'Aristophane, à quel degré d'avilissement elles sont tombées dans ces petites républiques où tout est viril, où tout est guerre, éloquence et art ; où le développement des forces humaines s'opère tout entier en faveur de la conquête, de la volupté et de la beauté. Traitées comme des êtres inférieurs, elles sont en toute occasion l'objet d'un dédain manifeste. « Femmes, s'écrie un orateur, dans une des cérémonies les plus solennelles dont Athènes ait été témoin, vous pleurez vos pères, vos frères, vos maris tués à la guerre ! Réprimez votre douleur ; essuyez vos larmes ; ayez enfin un peu de force d'âme et mêlez au moins une vertu à tous les défauts que la nature vous a départis. » Quelle consolation ! cette insulte, que la circonstance même rendait plus outrageante et plus gratuite, était prononcée dans l'Agora par l'homme le plus éloquent de la Grèce ; elle tombait sur une foule de mères et de sœurs désolées. On ne laissait à la femme d'autre rôle que le rôle passif, le silence, l'abnégation, la douleur secrète ; on lui interdisait jusqu'aux larmes !

Mais si la femme, descendue de son trône homérique et réduite à cet humble vasselage, portait atteinte à l'honneur du lit nuptial ; s'il lui arrivait de nouer quelque intrigue amoureuse, des lois inexorables l'atteignaient aussitôt ; ces lois punissaient jusqu'à l'intention de l'adultère. Elle était chassée ignominieusement du domicile conjugal, privée de sa dot, dont le mari offensé s'emparait. Il pouvait ou l'exposer en vente, ou la garder chez lui comme la dernière des esclaves. L'entrée des temples lui était interdite, elle ne pouvait porter désormais aucun ornement, aucune parure ; sa vie même restait à la merci de l'époux outragé. Chose remarquable, ces lois qui entouraient ainsi de menaces et de terreur la chasteté de la femme mariée ne protégeait guère la chasteté des vierges !

Le développement intellectuel et moral de la femme, son aptitude pour les arts, son habileté sociale, sa pénétration vive, sa facilité à tout comprendre, devaient-ils, chez un peuple tel que le peuple grec, rester éternellement étouffés et ensevelis ? Non ; si la femme mariée resta reléguée dans les profondeurs du gynécée, ce furent les courtisanes, les hétaïres, qui exploitèrent à leur profit le mouvement et les tendances dont nous avons parlé. Dans la Grèce, qui transformait tout en art, ces femmes étrangères saisissant, comme leur proie, toutes les délicatesses exquises que la femme honnête abandonnait, firent de leur métier l'objet de profondes recherches et d'une grande érudition. Aristophane, Apollodore, Ammonius, Antiphanes, Gorgias en rédigent les annales et la théorie. L'hétaïre marche de front avec le sophiste ; elle partage sa puissance ; comme lui, elle se retrouve partout ; elle occupe une place d'élite dans la société athénienne. Mêlée aux philosophes, aux guerriers, aux hommes d'état, elle devient leur égale. On tient registre de ses bons mots, on écrit sa biographie, on conserve le nom de son père, de sa ville natale. Paraît-elle dans un lieu public, aussitôt tous les regards se tournent vers elle. Le déclin même de ses charmes n'entraîne pas toujours celui de sa gloire ; il suffit que son esprit conserve la fraîcheur et la vivacité qui l'ont illustrée. Enfin, elle meurt, cette femme qui s'est appelée Laïs, Aspasie, Phryné, Pythionicé, et dont le front a porté le diadème du plaisir et la couronne du festin. Vous apercevez sur la route sacrée un tombeau splendide, et vous demandez quel est le héros qui repose sous les colonnades de ce palais ; on vous répond : c'est une hétaïre, dont le nom est bien connu.

La plus célèbre de toutes ces femmes fut sans contredit Aspasie, l'amie, la compagne de Périclès ; elle était fille du Milésien Axiochos et appartenait ainsi par la naissance à la plus opulente et la plus voluptueuse des villes grecques de l'Asie mineure. On ignore à quelle époque elle vint s'établir à Athènes ; ce qui est certain, c'est qu'elle y était déjà fixée depuis plusieurs années, lorsque le grand homme d'Etat l'admit dans son intimité et l'appela à occuper la place devenue vacante par suite de son divorce. Quant au motif qui la détermina à quitter l'Ionie, comme il n'est guère possible de nier qu'elle ait été une courtisane, il faut croire qu'elle ne fit en cela que suivre l'exemple de beaucoup de ses compatriotes, et que ce qui l'attira surtout dans l'Attique, ce fut le désir de tirer profit de ses charmes physiques en même temps que de ses avantages intellectuels. Mais sur ce point nous sommes réduits à de simples conjectures, car nous ne savons rien de certain sur cette partie de sa vie jusqu'au moment où son sort se trouva lié à celui de Périclès. Elle eut, dit-on, pour institutrice la courtisane Thargélia, une de ses compatriotes ; mais c'est là une simple supposition, facile à expliquer, du reste. Thargélia, on le sait, alliait à une grande beauté, un véritable talent oratoire, et grâce à ce double attrait, elle était parvenue à se concilier les bonnes grâces de tout ce qu'il y avait d'hommes distingués à Athènes. On prétendait même qu'elle était à la solde du roi de Perse, et qu'elle faisait partie de cette troupe nombreuse d'agents secrets que ce souverain entretenait dans les principales villes de la Grèce pour y servir ses intérêts. Est-il bien vrai qu'après avoir eu un assez grand nombre de maris, elle finit par épouser un roi de Thrace qui l'emmena dans son pays ? je ne saurais l'affirmer, mais ce qui me paraît certain, c'est qu'on comprendra aisément qu'on ait cru devoir mettre ainsi en rapport ces deux femmes qui se trouvèrent mêlées l'une et l'autre aux affaires de la politique. Mais voici une autre supposition, qui, si elle devait se changer en certitude, ne laisserait pas que de projeter une ombre sinistre sur cette existence que je me suis proposé de défendre contre la calomnie. On a prétendu, dans ces derniers temps, qu'Aspasie avait fondé à Athènes ce qu'on pourrait appeler une école de courtisanes. Telle paraît avoir été l'opinion de Plutarque ; cet auteur raconte, il est vrai, que Socrate lui faisait des visites fréquentes, et que des citoyens appartenant aux classes élevées de la société, et qui se trouvaient en rapport avec elle, amenaient avec eux leurs propres femmes afin qu'elles pussent profiter de sa conversation et de ses leçons ; « et cependant, ajoute-t-il, elle exerçait une profession qui ne passait pas pour honorable ; elle recevait et entretenait chez elle de jeunes courtisanes. » Athénée va plus loin encore que Plutarque : « Aspasie, dit cet écrivain, provoqua l'importation d'un nombre considérable de femmes jeunes et belles, et grâce à elle l'Hellade se trouva bientôt peuplée de courtisanes. » Il faut en convenir, voilà un témoignage qui n'est rien moins que flatteur. Mais, si la maison d'Aspasie, de même que celle de Théodote dont parle Xénophon, respirait le luxe et le confort, si l'on y rencontrait des suivantes nombreuses, jeunes, jolies, d'une mise élégante, ce n'est pas à dire, ce me semble, qu'il faille y voir ce que nous entendons aujourd'hui par des établissements de ce genre. Sans doute il y régnait un ton plus libre que dans le gynécée ; la gêne et l'étiquette étaient généralement bannies des rapports qui existaient entre la maîtresse de la maison et ses nobles visiteurs ; mais, pour bien comprendre un intérieur pareil, il importe de tenir grandement compte des mœurs de l'époque et de l'éducation toute différente qu'avaient reçue Aspasie et la plupart de ces filles de la Grèce asiatique. J'admets encore qu'il a fort bien pu arriver, dans un intérieur ainsi constitué, que l'une ou l'autre de ces soubrettes, dont la présence servait à rehausser la splendeur de la maison, en soit venue à nouer quelque intrigue amoureuse, et que des incidents de ce genre aient été interprétés dans le sens le plus défavorable, d'autant plus que les ennemis de Périclès profitaient de toutes les occasions qui se présentaient pour assimiler Aspasie aux courtisanes vulgaires, qui s'efforçaient peut-être de se modeler sur elle. Et c'est sans doute à quelque interprétation malveillante de ce genre qu'il convient d'attribuer une tradition relative à l'origine de la guerre du Péloponnèse, et qui, sans doute à cause de son absurdité, a trouvé place dans la comédie des Acharniens d'Aristophane : « Quelques jeunes gens ivres vont à Mégare et enlèvent la courtisane Siméthа ; les Mégariens, à leur tour, enlèvent deux courtisanes d'Aspasie. Dès ce moment, la guerre éclate dans toute la Grèce au sujet de trois filles de joie. Voilà pourquoi Périclès l'Olympien, dans son courroux, lance les éclairs et le tonnerre et met la Grèce en feu. » (Arist. Acharn. Comp. Plut. Périclès).

Mais s'il est vrai, ainsi qu'on l'a prétendu, que c'est Aspasie qui a poussé Périclès à déclarer la guerre aux Samiens, afin de venger Milet, sa patrie, il est plus que probable que cette femme avait renoncé à son propre ménage déjà avant 440, c'est la date de cette guerre, pour s'installer auprès de Périclès, devenu son époux ; cette supposition me paraît d'autant plus vraisemblable, que son propre fils, qui portait le nom de Périclès, fut un des dix généraux qui assistèrent en 406 à la bataille des Arginuses. Ce n'était donc pas chez elle que les citoyens les plus distingués d'Athènes, artistes, philosophes, hommes d'État, se donnaient rendez-vous, mais dans la maison même de Périclès, devenue la sienne ; nous en avons pour preuve le témoignage de Plutarque, qui raconte (Plut. Périclès, c. 55), que Xantippe, l'aîné des fils que Périclès avait eus de sa première femme, et qui supportait impatiemment la sévère économie de son père à son égard, ne cessait de tourner en ridicule les assemblées qui avaient lieu dans sa maison et ses entretiens avec les sophistes. Je me refuse, pour mon compte, à croire qu'Aspasie ait pu faire de la maison du grand citoyen, qui administrait alors presque sans contrôle les affaires d'Athènes, une maison publique, un lieu de corruption.

Nous ne savons donc rien de certain sur la vie d'Aspasie avant son union avec Périclès. Il y a lieu de croire qu'elle s'efforça de faire son profit de tous les éléments de culture qu'Athènes lui offrait alors en abondance, soit en fréquentant les hommes les plus distingués de son temps, soit en se laissant aller au courant des idées nouvelles, qui se faisaient jour avec une force irrésistible et agitaient la société jusque dans ses profondeurs, mais surtout en cultivant le talent de la parole qu'elle possédait à un très-haut degré, et qui contribua tout particulièrement à lui concilier l'estime de Socrate : « Aspasie, dit-il quelque part, me l'a bien fait sentir : je lui entendais dire un jour que les entremetteuses de mariage, en ne disant que la vérité, réussissent fort bien à marier les hommes, tandisque les fausses louanges qu'elles donnent ne servent de rien, car les époux qui ont été trompés se détestent mutuellement et maudissent l'entremetteuse, et en ceci j'ai dû lui donner raison. » (Xenop. Memor. II, 6). Critobule demande à Socrate si ces compagnes vertueuses dont il vient de parler, ce sont leurs maris qui les ont formées : « C'est une question qui mérite examen, répond le philosophe, mais Aspasie, à qui je te présenterai, t'instruira de cela plus pertinemment que moi. » (Xen. Econ. 3).

Si donc on attribuait à la belle Milésienne une certaine autorité dans les questions qui concernaient son propre sexe, pourquoi n'admettrions-nous pas que ses amis aient trouvé leur intérêt à mettre leurs épouses en contact avec elle, pour qu'elles pussent profiter de ses enseignements ? Cicéron (Invention I, 31) et Quintilien (Inst. orat. V, 11) nous ont conservé un passage du livre d'Eschine le philosophe, qui avait pour titre Aspasie ; d'après ce fragment important, la femme de Xénophon aurait figuré au nombre des auditeurs de cette femme distinguée, et la méthode employée par elle aurait été la méthode Socratique : « Dismoi, demande Aspasie, en s'adressant à la femme de Xénophon, si ta voisine avait de l'or à un titre plus élevé que le tien, lequel préférerais-tu, de son or ou du tien ? — Le sien, répond-elle. — Et si elle avait des habits, des ornements, des parures plus riches que les tiens, laquelle aimerais-tu le mieux, de sa garde-robe ou de la tienne ? — La sienne, répond-elle encore. — Mais, poursuit Aspasie, si elle avait un mari meilleur que le tien, lequel choisirais-tu, du tien ou du sien ? Ici la femme de Xénophon rougit, car, ajoute Quintilien, elle avait eu tort de répondre qu'elle aimait mieux l'or d'autrui que le sien, ce qui était mal. » D'après Cicéron, Aspasie aurait ensuite entrepris Xénophon lui-même : « Dis-moi, Xénophon, si ton voisin avait un cheval meilleur que le tien, est-ce le sien que tu aimerais le mieux, ou le tien ? — Le sien, répond-il. — S'il avait une terre meilleure que la tienne, laquelle préférerais-tu ? — La sienne sans doute, comme la meilleure. — Et s'il avait une meilleure femme que la tienne, laquelle aimerais-tu mieux ? Xénophon, à son tour ne répond pas. — Puisque tous deux, reprend Aspasie, vous refusez de me répondre sur le seul point que je désirais savoir, je vais vous dire moi-même à chacun votre pensée. Toi, femme, tu désires le plus parfait des maris, et toi, Xénophon, la plus accomplie des femmes ; de façon que, tant que vous n'aurez pas fait en sorte qu'il n'y ait point sur la terre de mari plus parfait, ni de femme plus accomplie, il vous faudra toujours désirer la perfection, toi en fait de mari, toi en fait de femme. »

Nous ignorons quelle a pu être l'intention d'Eschine en publiant ce dialogue qui avait pour titre le nom de la célèbre

Milésienne ; ce qui paraît certain, c'est que ce philosophe, qui fut contemporain d'Aspasie, n'a pu, ni voulu, selon toute probabilité, présenter sous un jour défavorable le ton qui régnait chez elle. Chez Platon, Socrate s'exprime au sujet d'Aspasie d'une manière tout autre que chez Xénophon ; si chez ce dernier nous rencontrons une estime vraie et réelle, nous ne saurions en dire autant de Platon, qui affecte à l'égard de cette femme un ton évidemment ironique, railleur. On sait que son dialogue, qui a pour titre Menexène, est à la fois une critique des oraisons funèbres, telles qu'on avait l'habitude d'en prononcer en l'honneur des citoyens morts pour la patrie, et l'essai d'une manière meilleure, le genre admis. A entendre Socrate, cet échantillon d'éloquence ne serait qu'une réminiscence d'un discours funèbre qu'Aspasie aurait prononcé en sa présence : « Elle avait appris comme toi que les Athéniens devaient choisir l'orateur qui serait appelé à prendre la parole, et nous exposa ce qu'il conviendrait de dire ; tantôt elle improvisait, tantôt elle reprenait de mémoire et cousait ensemble quelques morceaux du discours funèbre que composa autrefois Périclès et dont je la crois l'auteur. » Dans ce même dialogue, Socrate se donne pour un disciple d'Aspasie, pour ce qui concerne l'éloquence ; elle a formé, dit-il, beaucoup d'excellents orateurs, « un surtout qui se distingue entre tous les Grecs, Périclès, fils de Xantippe. » Il ajoute un peu plus loin : « J'ai été à son école, et peu s'en est fallu que je n'aie été battu pour n'avoir pas toujours eu la mémoire bien fidèle. »

On a cru de tout temps à la sincérité des éloges que Platon accorde ici au talent d'Aspasie et au discours qui suit l'introduction, que Cicéron vante tout particulièrement et au sujet duquel il rapporte, comme un fait connu, qu'il plut si fort aux Athéniens que plus tard ils se le faisaient réciter chaque année. Au risque d'aller à l'encontre du but que je me suis proposé, j'avouerai que j'ai cru y découvrir,

au contraire, une intention ironique ; ce qui me confirme
surtout dans cette manière de voir, c'est la sortie assez
vigoureuse à laquelle Socrate se laisse aller, dans l'introduction, et contre les Athéniens qui aimaient fort à assister
à une revue rétrospective de leurs glorieux exploits d'autrefois, et contre les artifices oratoires des panégyristes eux-
mêmes, « qui, dit-il, célébrant les qualités qu'on a et
celles qu'on n'a pas, embellissant tout ce qu'ils touchent,
enchantent nos âmes par les éloges de toute espèce qu'ils
prodiguent à la république, et à ceux qui ont succombé
dans la guerre, et à tous nos ancêtres, et enfin à nous-
mêmes, qui vivons encore ; » c'est surtout le contraste
qui existe entre cette sortie elle-même, et le contenu du
discours, qui était précisément de nature à flatter la vanité
nationale, par cela même que le blâme qui y était exprimé
pouvait, au fond, être considéré comme un éloge. Platon
a eu bien certainement en vue de persifler les discours
officiels, et de composer un discours qui pût servir de
pendant ironique au fameux panégyrique de Périclès. Si
donc Périclès, dont Thucydide a dit qu'il était aussi puissant
par la parole que par l'action, si Socrate, qui avait en lui
l'étoffe d'un orateur, sont représentés, dans ce dialogue,
comme ayant été formés à l'éloquence par Aspasie, il y a
lieu de croire que Platon a voulu critiquer, mais d'une
manière finement railleuse, le dilettantisme oratoire, qu'on
veuille bien me pardonner cette expression, de cette femme
célèbre. Mais si telle a été l'intention de l'auteur, il n'en
résulte pas moins avec une certaine évidence que la renom-
mée s'attachait plutôt à grossir qu'à amoindrir tout ce qu'il
y avait d'extraordinaire dans le degré de culture auquel
Aspasie était arrivée.

Nous avons dit quelques mots des relations qui ont existé
entre Socrate et Aspasie ; parmi les écrivains des temps
postérieurs, il s'en est trouvé plus d'un, qui, avec leur
système de dénigrement bien connu, n'ont pas craint d'en

faire l'objet d'accusations outrageantes. A les entendre, le philosophe aurait été véritablement amoureux de la belle étrangère, au point d'exciter les alarmes jalouses de Xantippe. Le poëte Hermésianax, dans son poëme qui avait pour titre *Leontion*, et dont Athénée nous a conservé une centaine de vers, dit en parlant de cette prétendue passion : « Les flammes de la déesse de Chypre s'allumèrent aussi autrefois dans le cœur de Socrate, de l'homme que l'oracle de Delphes proclama le plus sage d'entre les mortels ; il n'était occupé du matin jusqu'au soir qu'à cultiver au fond de son âme les soucis de l'amour, se rendant chaque jour dans la demeure d'Aspasie, et ne trouvant aucune issue à ses tourments, lui qui en trouvait toujours de si heureuses quand il s'agissait de donner plus de force à ses raisonnements. » Je ne pense pas qu'il soit besoin de réfuter une pareille imputation ; son exagération même suffit, ce me semble, pour en faire justice.

Périclès avait épousé, assez longtemps avant d'être en rapport avec Aspasie, la veuve d'Hipponikos, un des plus riches citoyens d'Athènes, la mère du riche et fastueux Callias, bien connu par ses prodigalités et le Mécène par excellence des sophistes ; il avait eu d'elle deux fils, Xantippe et Paralos. Cette union ne fut pas heureuse ; Plutarque nous apprend que les deux époux se prirent l'un l'autre tellement en aversion que le divorce fut enfin résolu d'un commun accord, et que Périclès, après que sa femme eut convolé à un troisième mariage, avec son consentement formel, épousa Aspasie qui le rendit heureux. « Il l'aima si tendrement, qu'il ne la quittait et ne la revoyait jamais dans la journée sans la saluer d'un baiser. » (Plut. Pér. c. 36). Il y a lieu de croire que cette femme d'un si grand mérite et d'un esprit si distingué, ne tarda pas à partager les soucis et les projets de Périclès, sous l'administration duquel, au dire de Thucydide lui-même, « Athènes fut de nom une démocratie, mais de fait le gouvernement du

premier homme de l'Etat. » Elle l'assistait de ses conseils
en toute occasion et le consolait dans les mauvais jours ;
aussi les poètes comiques l'appellent-ils l'Omphale, la
Déjanire, la Junon de l'Hercule athénien, du Jupiter ter-
restre. Chaque fois qu'une résolution importante était prise,
on ne manquait jamais de l'attribuer à son influence toute
puissante, ainsi la guerre contre Samos et celle du Péloponnèse ; c'est sans doute pour cette raison que le poète
comique Eupolis la gratifie du nom de « la belle Hélène. »

Mais ce bonheur si parfait ne fut pas sans nuages. On
sait que la loi athénienne se montrait fort sévère pour tout
ce qui avait rapport aux conditions du mariage ; pour
qu'une union fût regardée comme légitime, il fallait que
les deux époux fussent Athéniens de naissance et de condition libre ; toutes celles qui ne satisfaisaient pas à cette
double condition étaient tenues pour illégitimes et assimilées
au concubinat. Périclès lui-même, au temps de sa plus
grande puissance, avait donné plus de force encore à cette
disposition légale en faisant adopter dans l'assemblée du
peuple un décret portant qu'on ne reconnaîtrait pour vrais
citoyens d'Athènes que ceux qui seraient nés de père et de
mère athéniens (Plut. Pér. c. 57). Il est vrai qu'à Athènes
le concubinat en lui-même n'avait rien de choquant ; la loi
elle-même avait prévu certains cas où la femme légitime
pourrait être supplantée par une concubine, et où celle-ci
était assurée par cela même de trouver un appui auprès
d'elle ; mais les enfants qui naissaient de pareilles unions
n'en étaient pas moins entachés d'illégitimité. Je suis porté
à croire que Périclès se préoccupa toujours beaucoup moins
des allusions indécentes et même violentes que les poètes
comiques se permirent plus d'une fois de répandre dans le
public sur le passé d'Aspasie et sur le caractère légal de
son union avec cette femme aimée, que de la pensée bien
propre à l'attrister, que les fils qui naîtraient de cette union
ne pourraient être les héritiers légitimes de son nom et de

sa fortune, surtout après qu'il eut vu mourir de la peste
Paralos, le dernier de ses fils légitimes, qu'il avait tendrement aimé. Nous lisons dans Plutarque que, peu de
temps avant sa mort, alors que le peuple, auprès duquel
il venait de rentrer en grâce, l'avait nommé général, il
s'occupa tout d'abord du soin de faire révoquer le décret
qu'il avait fait passer lui-même contre les enfants naturels ;
comme il n'avait plus d'héritier légitime à qui il pût léguer
son nom, il ne voulait pas que ce nom qu'il avait rendu
glorieux entre tous s'éteignît avec lui. Il ne put obtenir,
malgré ses vives instances, l'abrogation du décret ; cependant les Athéniens, touchés de ses malheurs domestiques,
qu'ils regardaient comme une punition du ciel, et pensant
qu'il méritait d'être traité avec quelque humanité, l'auto-
risèrent à faire inscrire le fils d'Aspasie sur les registres de
sa tribu et à lui donner son nom. (1)

J'ai déjà nommé Xantippe, l'aîné des fils que Périclès
avait eus de la veuve d'Hipponikos. Plutarque rapporte que
ce jeune homme ne cessa, jusqu'à sa mort, de vivre en
fort mauvaise intelligence avec son père, et de se joindre
à ses ennemis pour le décrier, parce que celui-ci avait
refusé un jour de payer ses dettes. Cette mésintelligence,
qui reposait sans doute sur des motifs plus sérieux, aux-
quels Plutarque se contente de faire allusion, devint la
source d'une foule de bruits plus ou moins injurieux, qui
ne tardèrent pas d'être exploités et grossis à plaisir par des
hommes dont le métier était de médire, et dont quelques-
uns peut-être n'avaient pu se faire admettre dans les réunions
qui se tenaient chez Aspasie, mais surtout par des adver-
saires politiques, devenus implacables. Il vint enfin un

(1) C'est ce même fils de Périclès qui fut condamné à mort après la
victoire navale des Arginuses en même temps que les autres généraux,
ses collègues. (Plut. Périclès c. 57. Compar. Xenop. Hellen. I).

moment où la calomnie, après avoir longtemps agi dans
l'ombre, osa se produire au grand jour, poursuivre et
frapper successivement ceux-là mêmes sur lesquels le grand
homme d'Etat paraissait avoir reporté ses affections les plus
chères. La première victime fut Phidias, qui, on le sait,
vivait dans l'intimité de Périclès ; il fut accusé d'impiété
par Ménon, qui avait été son élève, d'autres disent son
esclave affranchi, parce qu'il s'était représenté lui-même
sur le bouclier de Minerve sous les traits d'un vieillard, et
que, dans une autre figure, on avait cru reconnaître l'image
de Périclès. C'était, dans les idées religieuses du temps,
un sacrilége. Le grand artiste, menacé d'une condamnation
capitale, s'enfuit et se retira chez les Eléens. Les adver-
saires de Périclès attaquèrent un autre de ses amis, Anaxagore, qu'ils accusèrent de nier l'existence des dieux, et de
professer sur les corps célestes des doctrines contraires à
la religion. Plus vraiment religieux que ses accusateurs,
puisqu'il enseignait une notion plus pure de la divinité,
Anaxagore fut, comme Galilée, victime de l'intolérance ;
il n'échappa à une sentence probablement capitale qu'en
s'exilant à Lampsaque, où il mourut. Aspasie fut enve-
loppée dans la même accusation ; sans doute le parti de la
réaction, qui avait alors pour organe le poète comique
Hermippos et les zélateurs religieux, représentés par Dio-
pithès, s'étaient proposé, en frappant Aspasie, qui était
l'âme des réunions qui avaient lieu chez Périclès, et où
s'agitaient les questions du jour et se discutaient les nouvelles doctrines, d'arriver jusqu'à Périclès, c'est-à-dire
jusqu'à l'homme qui était devenu le point de mire de toutes
les rancunes et de toutes les haines. Ces réunions elles-
mêmes étaient devenues l'objet des interprétations les plus
injurieuses, et celles-ci trouvaient d'autant plus de crédit
parmi la foule que l'on ne pouvait oublier, d'un côté
qu'Aspasie avait été une courtisane, de l'autre, que Périclès passait généralement pour avoir mené une vie assez

dissolue. Aussi, parmi les griefs formulés contre Aspasie, s'en trouva-t-il un qui, tout injuste qu'il était, dut particulièrement irriter les esprits et rendre sa condamnation plus probable ; on l'accusa d'avoir attiré chez elle des femmes mariées et libres, uniquement pour les prostituer à Périclès ; celui-ci employa toute son éloquence et même ses larmes pour la défendre et pour la sauver. Mais à partir de ce moment l'étoile d'Aspasie pâlit de plus en plus, et Périclès lui-même n'échappa qu'avec peine à une condamnation. On demanda un jour qu'il rendît ses comptes devant un jury spécial ; mais le peuple recula cette fois, et respecta, jusqu'aux derniers jours de ce grand citoyen, l'intégrité et la sagesse qui avaient porté si haut la puissance d'Athènes.

Il nous importe peu d'apprendre ce que devint Aspasie après la mort de Périclès. Certes, ce n'est pas sans éprouver un sentiment pénible que nous voyons cette femme que le plus grand citoyen d'Athènes avait si tendrement aimée, qui avait été l'amie de Socrate, qu'Alcibiade avait entourée d'hommages, se prendre d'amour pour un démagogue obscur appelé Lysiclès ; on prétend même qu'elle l'épousa immédiatement après la mort de son premier mari, et cette supposition me paraît fort probable, puisque Périclès mourut en 429 et que son second mari périt déjà en 428 dans une expédition en Carie. Tel était, du reste, l'ascendant que cette femme extraordinaire exerçait sur ceux qui l'entouraient, qu'au lieu de s'abaisser elle-même, elle éleva, au contraire, jusqu'à elle, cet homme à qui elle venait de s'unir, et qui, d'après le témoignage d'Eschine cité par Plutarque, était un simple marchand de bestiaux, un homme d'un esprit bas et abject (Plut. Pér. c. 37), mais n'en devint pas moins un des premiers personnages de la république. Après la mort de Lysiclès, Aspasie descendit-elle encore plus bas ; nous l'ignorons ; le reste de sa vie disparaît dans une complète obscurité. Aspasie n'a pris place dans l'histoire qu'après qu'elle fut venue s'asseoir au foyer d'un des plus grands hommes que la Grèce ait produits ; avant et après cette élévation, elle ne laisse pour ainsi dire aucune trace de son existence. Quant à cette élévation, s'en est-elle montrée digne aussi longtemps qu'elle a vécu aux côtés de l'homme à qui elle devait tout, qu'elle fut appelée à partager ses peines et ses triomphes, qu'elle fut initiée aux arcanes de la politique ? Nous avons reconnu combien peu fondées étaient les accusations dont elle fut l'objet ; nous répondrons donc avec assurance qu'Aspasie fut une femme d'un rare mérite, et que, s'il en eût été temps encore, son union avec Périclès aurait pu servir aux Hellènes d'exemple et de règle tout à la fois pour l'établissement de rapports plus dignes et plus humains entre les deux sexes. Mais, au milieu de cette dépravation si difficile pour nous à comprendre, où les Grecs s'égarèrent, parmi ces courtisanes qui prirent la place de l'épouse, pour une, comme Aspasie, dont l'influence fut heureuse, combien qui ne firent que développer la corruption dont elles vivaient ! La famille antique y périt, et, la famille morte, l'Etat ne dure guère. Rome elle-même, où elle était si forte dans les premiers siècles, ne tomba qu'avec elle, quand la courtisane, là aussi, éclipsa la matrone, ou que la matrone se fit courtisane, et que Rome, au lieu de Lucrèce, n'eut plus que des Laïs. Il appartenait au christianisme de rendre à la femme son empire, sa force, sa liberté, son individualité, les innombrables délicatesses de son esprit et de son cœur.

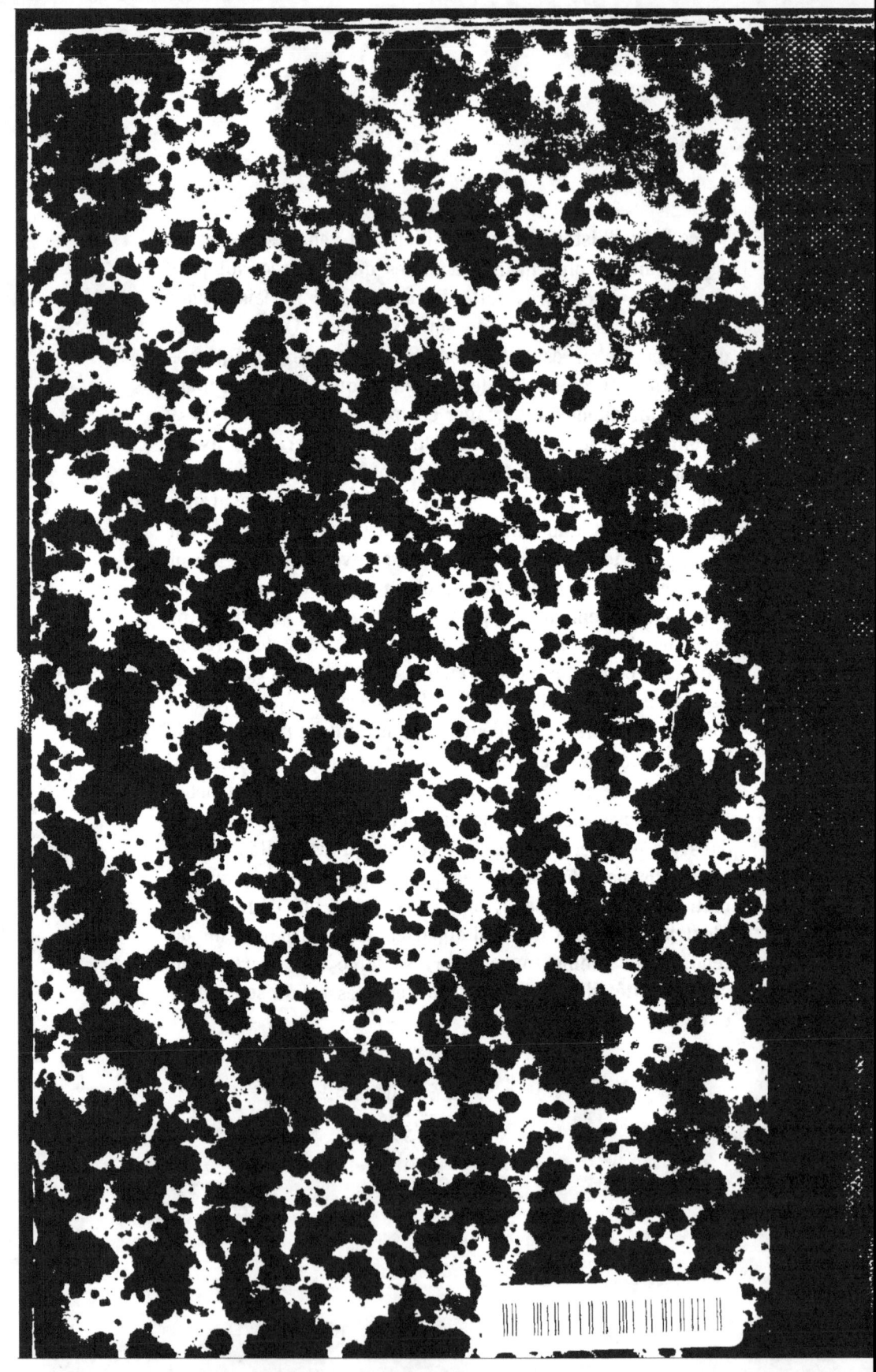

www.ingramcontent.com/pod-product-compliance
Lightning Source LLC
Chambersburg PA
CBHW060837180626
46818CB00004B/1482